Tina, the Detective
Tina, la détective

Jenny Vincent

Pictures by Laure Fournier
French by Marie-Thérèse Bougard

Personne n'habite dans la maison d'à côté.

Le jardin est sauvage. J'y vais souvent.

Je passe par le trou de la clôture.

Je me couche dans l'herbe haute et je lis,

loin de mes quatre frères et sœurs bruyants.

Quelquefois, j'imagine que je suis sur une île déserte

avec des animaux sauvages. Papa pense que c'est drôle.

"Le seul animal sauvage là-bas, c'est Tiger," dit-il.

Tiger est notre chat.

No one lives in the house next door.
The garden is wild. I go there often.
I go through the hole in the fence.
I lie in the long grass and I read,
away from my four noisy brothers and sisters.
Sometimes, I imagine I'm on a desert island
with wild animals. Dad thinks this is funny.
"The only wild animal there is Tiger," he says.
Tiger is our cat.

Aujourd'hui, une nouvelle famille emménage à côté.

"Regarde, Tina. Une nouvelle copine pour toi," dit Maman.

Il y a une fille dans le jardin. Elle s'appelle Alice.

Elle a une paire de baskets fantastiques. Il y a

des petites lumières et de la musique quand elle court!

Je demande à Alice: "S'il te plaît, je peux les essayer?"

"Non," dit-elle. "Ce sont mes baskets spéciales."

Cette nuit-là, j'écoute la pluie et je pense à Alice.

Peut-être qu'elle ne veut pas être ma copine.

Today, a new family is moving in next door.
"Look, Tina. A new friend for you," says Mom.
There's a girl in the garden. Her name is Alice.
She has an awesome pair of sneakers. They have
little lights and they play music when she runs!
I ask Alice, "Please, can I try them?"
"No," she says. "These are my special sneakers."
That night, I listen to the rain and I think about Alice.
Perhaps she doesn't want to be my friend.

Le lendemain, il fait beau et il y a du soleil.
Je lis dans le jardin … mais qu'est-ce que c'est?
C'est Alice. Elle porte ses baskets à musique,
et elle chante très fort.
"Arrête, Alice!" dis-je. "Tu fais peur à Tiger!"
Elle tourne et tourne. "Ça m'est égal! Je suis une superstar!"
Je crie: "Tais-toi!" J'essaie de l'arrêter,
mais elle glisse et tombe dans la boue.
Elle regarde ses baskets sales et se met à pleurer.

The next day, it's lovely and sunny.
I'm reading in the garden… but what's that?
It's Alice. She's wearing her musical sneakers,
and she's singing very loud.
"Stop it, Alice!" I say. "You're frightening Tiger!"
She spins around and around. "I don't care! I'm a superstar!"
I shout, "Be quiet!" I try to stop her,
but she slips and falls in the mud.
She looks at her dirty sneakers and starts to cry.

Je rentre chez moi et je m'assieds dans ma chambre.
Je partage ma chambre avec ma grande sœur, Rachel,
mais elle est au travail maintenant.
Je suis toute seule. Je suis en colère et un peu triste.
Je regarde par la fenêtre. Je vois Alice.
Elle lave ses baskets.
Elle les met sur une chaise pour les faire sécher au soleil.
Je veux m'excuser, mais je ne peux pas.

I go home and sit in my bedroom,
which I share with my big sister, Rachel.
But she is at work now.
I'm all alone. I feel angry and a bit sad.
I look out of the window. I see Alice.
She is washing her sneakers.
She puts them on a chair, to dry them in the sun.
I want to say I'm sorry, but I can't.

Le lendemain, Alice vient chez moi. Elle est en colère.
"Où sont mes baskets?" demande-t-elle. "Tu les as?"
Je lui dis: "Non! Monte et regarde."
Alice regarde dans ma chambre. Elle regarde partout.
Ses baskets ne sont pas là.
Ensuite, elle regarde par la fenêtre.
L'une de ses baskets est sur l'herbe dans notre jardin.
"Où est l'autre?" demande-t-elle.
"Je ne sais pas," dis-je. Mais Alice n'écoute pas.

The next day, Alice comes to my house. She's angry.

"Where are my sneakers?" she asks. "Have you got them?"

I tell her, "No! Come upstairs and look."

Alice looks in my room. She looks everywhere.

Her sneakers are not there.

Then she looks out of the window.

One of her sneakers is on the grass in our garden.

"Where's the other one?" she asks.

"I don't know," I say. But Alice doesn't listen.

A l'école, tout le monde connaît bientôt l'histoire
des baskets d'Alice.

"Je ne suis pas une voleuse!" dis-je. Personne ne me croit.

Il y a plein de choses qui disparaissent de leur jardin.

Ils m'accusent. C'est une journée horrible.

A la maison, Maman demande: "Qu'est-ce qu'il y a, Tina?"

Je lui raconte l'histoire.

"C'est un mystère," dit Maman.

"Il faut faire la détective."

At school, everyone soon knows the story
of Alice's sneakers.
"I'm not a thief!" I say. No one believes me.
Lots of things are disappearing from their gardens…
They blame me. It's a horrible day.
At home, Mom asks, "What's the matter, Tina?"
I tell her the story.
"This is a mystery," says Mom.
"You have to be a detective."

13

Aujourd'hui, Alice est encore en colère.

"Tu as une basket," lui dis-je.

"Une basket n'est bonne à rien," dit-elle.

Je fais la détective. Je regarde partout dans notre jardin.

Je ne trouve pas sa basket, mais je trouve d'autres

choses: une écharpe, une balle de tennis verte,

un lapin en peluche, une casquette et un gant.

Je les cache dans la cabane.

14

Today Alice is still angry.

"You have one sneaker," I tell her.

"One sneaker isn't any good," she says.

I'm the detective now. I look all over our garden.

I don't find her sneaker, but I find other
things: a scarf, a green tennis ball,
a toy rabbit, a cap and a glove.

I hide them in the shed.

Le samedi, Papa trouve l'écharpe et les autres choses.
"Qu'est-ce que c'est que tout ça, Tina?" demande-t-il.
"Je les cache," dis-je. "Il y a quelqu'un qui vole des choses
et les met dans notre jardin. C'est qui? Ce n'est pas moi!"
Papa raconte le problème à Maman.
"Nous devons trouver le vrai voleur," dit Maman.
Elle va parler à la maman d'Alice.

On Saturday, Dad finds the scarf and the other things.
"What's all this, Tina?" he asks.
"I'm hiding them," I say. "Someone is stealing things
and putting them in our garden. Who is it? It's not me!"
Dad tells Mom about the problem.
"We have to find the real thief," says Mom.
She goes to talk to Alice's Mom.

C'est qui?
Ce n'est pas moi!
Who is it?
It's not me!

Maman met un détecteur du mouvement dans le jardin.
Papa met une sonnette près de mon lit.
"La lumière s'allume pendant la nuit," dit Maman.
"Elle s'allume s'il y a quelqu'un dans le jardin."
"La lumière est reliée à la sonnette," dit Papa.
"Et la sonnette fait du bruit pour te réveiller."
Je dis à Maman et Papa: "Je vais trouver le voleur!
Merci de m'aider."

18

Mom puts a motion detector in the garden.
Dad puts a buzzer by my bed.
"If someone moves in the garden," says Mom,
"a light will illuminate the whole backyard."
"The light is connected to the buzzer," says Dad.
"And the buzzer will make a noise, to wake you."
I tell Mom and Dad, "I'm going to find the thief!
Thanks for helping me."

Cette nuit-là, j'attends. Mais la lumière ne s'allume pas
et la sonnette ne sonne pas.

Il ne se passe rien la nuit suivante, ni celle d'après.

A l'école, Alice ne me parle toujours pas.

A la maison, je dis à Papa: "Ça ne marche pas."

Papa dit: "Une bonne détective n'abandonne pas, Tina!"

Ce soir-là, il met un petit bol dehors.

Je lui demande: "Qu'est-ce qu'il y a dedans?"

Papa sourit. "Attends voir," dit-il.

That night, I wait. But the light doesn't come on and the buzzer doesn't buzz.

Nothing happens the next night, or the night after that.

At school, Alice still doesn't talk to me.

At home, I say to Dad, "This isn't working."

Dad says, "A good detective doesn't give up, Tina!"

That evening, he puts a small bowl outside.

I ask him, "What's in it?"

Dad smiles. "Wait and see," he says.

Au milieu de la nuit, la sonnette sonne!

Je cours à la fenêtre. Rachel aussi se réveille!

J'appelle Alice sur le téléphone de Rachel.

"Regarde par la fenêtre!" dis-je. "Tu vois?"

"Quoi?" dit Alice. "… Oh! Ouah! Il est beau!"

Le voleur prend à manger dans le bol.

Ensuite, il tire une vieille chaussure des buissons
et se met à jouer avec elle.

Alice prend une photo avec son téléphone. *"Oui!"* dit-elle.

In the middle of the night, the buzzer buzzes!
I run to the window. Rachel wakes up too!
I call Alice on Rachel's phone.
"Look out the window!" I say. "Can you see?"
"What?" says Alice. "... Oh! Wow! He's beautiful!"
The thief eats some food from the bowl.
Then he pulls an old shoe from the bushes
and starts to play with it.
Alice takes a photo with her phone. *"Yes!"* she says.

A l'école, notre maîtresse, Madame Khan, regarde la photo sur le téléphone d'Alice. Elle sourit.

"Eh bien," dit-elle. "C'est intéressant. Une vieille chaussure… Peut-être qu'il a aussi ma belle écharpe bleue!"

Les enfants regardent tous la photo. "C'est un renard!"

Ils ont honte. "Désolés, Tina."

"D'accord," dis-je.

"Moi aussi, je suis désolée," dit Alice.

Elle me fait un gros câlin.

C'est intéressant.
That's interesting.

At school, our teacher, Mrs. Khan, looks at the photo
on Alice's phone. She smiles.

"Well," she says. "That's interesting. An old shoe…
Perhaps he has my nice blue scarf, too!"
The children all look at the photo. "It's a fox!"
They are ashamed. "We're sorry, Tina."
"That's all right," I say.
"I'm sorry, too," says Alice.
She gives me a big hug.

Moi aussi,
je suis désolée.
I'm sorry, too.

Maman lave l'écharpe et les autres choses.

"Tu peux les emporter à l'école," dit elle.

A l'école, Madame Khan est très contente.

"C'est mon écharpe!" dit-elle. "Et le gant de mon mari!"

"C'est le lapin en peluche de mon frère!" dit Anton.

"Et notre balle et notre casquette!" disent les jumeaux.

"Bravo, Tina!" dit Alice.

L'après-midi, nous écrivons des poèmes sur les renards.

Nous affichons notre travail sur le mur de la classe.

Tu peux les emporter à l'école. You can take them to school.

Mom washes the scarf and the other things.

"You can take them to school," she says.

At school, Mrs. Khan is very pleased.

"That's my scarf!" she says. "And my husband's glove!"

"That's my brother's toy rabbit!" says Anton.

"And our ball and our cap!" say the twins.

"Well done, Tina!" says Alice.

In the afternoon, we write poems about foxes.

We put our work on the classroom wall.

Alice et moi jouons ensemble presque tous les jours.

Nous cherchons des animaux sauvages dans son jardin.

Nous trouvons des scarabées, des papillons
et des petites grenouilles.

Un matin de bonne heure, nous trouvons notre renard.

Il est endormi dans l'herbe haute.

Mais il nous entend, et il s'enfuit.

"Voleur!" crie Alice en riant. "Nous t'arrêtons!"

Je regrette de le voir partir. J'adore ses yeux qui brillent.

Alice and I play together nearly every day.

We look for wild animals in her garden.

We find some beetles, some butterflies,

and some little frogs.

Early one morning, we find our fox.

He's asleep in the long grass.

But he hears us, and he runs away.

"Thief!" shouts Alice, laughing. "You're under arrest!"

I'm sorry to see him go. I love his bright eyes.

Aujourd'hui, le papa d'Alice nettoie le jardin.

Il veut faire pousser des légumes.

Ce n'est plus un jardin sauvage…

Mais devinez ce qui arrive.

Pendant que le papa d'Alice travaille dans son jardin,

je vois l'autre basket d'Alice, enfouie dans les buissons!

Alors, Alice a ses deux baskets. Elle est contente.

"Tu es une bonne détective, Tina!" dit-elle.

"Et nous allons être copines pour toujours!"

Today, Alice's dad is clearing the garden.

He wants to grow vegetables.

It's not a wild garden now…

But guess what happens.

While Alice's dad is working in his garden,

I see Alice's other sneaker, deep in the bushes!

So Alice has both her sneakers. She's happy.

"You're a good detective, Tina!" she says.

"And we're going to be friends forever!"

Quiz

You will need some paper and a pencil.

1 Copy the pictures and write the French words.
You can find them on pages 2 and 28.

1   2   3

4   5

2 Who says it? Find the names. Then say the sentences.

1 "Je suis une superstar!"

2 "C'est un mystère."

3 "Merci de m'aider."

4 "Je suis désolée."

3 Write down—in French—five things that the fox took.
Use the pictures to help you.

Au revoir!

Good-bye

Answers

1 1 chat 2 renard 3 papillons 4 grenouilles 5 scarabées

2 1 Alice 2 Maman/Mom 3 Tina 4 Alice

3 une écharpe, une balle de tennis, une casquette, un gant, un lapin en peluche